14 DECEMBRE 1899

99 P.

CATALOGUE

DES

ÉTOFFES ANCIENNES

SOIES, VELOURS, TAPISSERIES AU POINT

BRODERIES DE SOIE

Panneaux, Tentures, Jupes, Feuilles d'écrans, etc.

GALONS, FRANGES

TAPISSERIES DES XVIIe ET XVIIIe SIÈCLES

DENTELLES

OBJETS D'ART ET D'AMEUBLEMENT

BIJOUX, OBJETS DE VITRINE, MONTRES, ÉVENTAILS

Pendules, Bronzes

GLACES, SIÈGES, MEUBLES

Dont la vente, par suite du décès de Madame G. VERGER, aura lieu

HOTEL DROUOT, SALLES N°s 7 ET 8 RÉUNIES

Les Jeudi 14, Vendredi 15, Samedi 16, Lundi 18 et Mardi 19 Décembre 1899

A DEUX HEURES

COMMISSAIRE-PRISEUR

Me P. CHEVALLIER

10, rue de la Grange-Batelière

EXPERTS

MM. MANNHEIM

7, rue Saint-Georges

EXPOSITIONS PUBLIQUES

LES MERCREDI 13 ET DIMANCHE 17 DÉCEMBRE 1899, DE 1 H. 1/2 A 5 H. 1/2

Entrée par la rue Grange-Batelière

CONDITIONS DE LA VENTE

Elle sera faite au comptant.

Les acquéreurs paieront *cinq pour cent* en sus des prix d'adjudication.

L'exposition mettant le public à même de se rendre compte de l'état et de la nature des objets, il ne sera admis aucune réclamation une fois l'adjudication prononcée.

Paris. — Imprimerie de l'Art, E. Moreau et Cie, 41, rue de la Victoire.

DÉSIGNATION

SOIERIES ET VELOURS

BRODERIES AU POINT

1 — Dessus de berceau, bonnet et enveloppe de maillot d'enfant en satin crème, brodé de soie bleue présentant un monogramme entouré de rinceaux. XVIIIe siècle.

2 — Jupe défaite et corsage en gros de Tours bleu, brodé d'argent, à dessin de quadrillés, palmettes et rinceaux. Époque Régence.

3 — Jupe défaite en gros de Tours rose, brodé d'argent, à dessin de quadrillés, palmettes et rinceaux. Époque Régence.

4 — Jupe défaite et corsage de fillette en gros de Tours crème, brodé de soie de couleurs au passé et d'argent doré à dessin de fleurs et rinceaux. Époque Régence. Avec traine de robe en satin vert.

5 — Robe et jupe en soie saumon armurée et brochée à fleurs. Époque Louis XV.

6 — Jupe défaite et corsage en brocart, à dessin représentant l'Aurore sur fond chenillé prune. XVIIIe siècle.

7 — Neuf lés pour jupe en soie paille armurée et brochée à fleurs en soie de couleurs et argent. XVIIIe siècle.

8 — Neuf lés pour jupe en taffetas de soie blanche rayée et brochée à fleurs en soie de couleurs. Époque Louis XVI.

9 — Sept lés pour jupe en taffetas de soie blanche brodé argent doré à grosses fleurs. XVIIIe siècle.

10 — Trois lés pour jupe en soie marron armurée, brochée à fleurs et rubans en soie de couleurs, argent et argent doré. Époque Louis XV.

11 — Jupe et corsage en taffetas de soie rose broché à fleurs en soie de couleurs. Époque Louis XV.

12 — Robe en gros de Tours gris-perle, broché à fleurs en soie de couleurs. Époque Louis XV.

13 — Dessus de lit en soie bleue, brochée à fleurs et rubans en soie de couleurs. Époque Louis XV.

14 — Panneau en ancien satin vieil or rayé, avec bordure de franges.

15 — Panneau en ancien damas vert à grands

ramages. — Haut., 3 m. 15 cent.; larg., 2 m. 80 cent.

16 — Panneau en ancien damas vert à grands ramages, avec effilés. — Haut., 2 m. 68 cent.; larg., 2 m. 55 cent.

17 — Robe en satin cerise, broché à fleurs en soie de couleurs. XVIIIe siècle.

18 — Robe défaite et assemblée en gros de Tours violet, broché à fleurs en soie de couleurs et argent doré. XVIIIe siècle.

19 — Panneau en soie saumon, brochée à fleurs en soie de couleurs. Époque Louis XV.

20 — Grand manteau de Vierge en soie bleue damassée et brochée à fleurs en soie de couleurs et argent doré. XVIIIe siècle,

21 — Panneau en lampas à dessin blanc de vases, personnages orientaux et fleurs sur fond bleu. Époque Louis XV. — Haut., 2 m. 25 cent.; larg., 2 m. 10 cent.

22 — Panneau en soie saumon, rayée blanc et brochée à fleurs en couleurs. Époque Louis XVI.— Haut., 2 m. 15 cent.; larg., 2 m. 10 cent.

23 — Robe défaite et assemblée en dauphine marron, brochée à fleurs en couleurs. Époque Louis XV.

24 — Chape en brocatelle à fond jaune et dessin de vases de fleurs. Italie, XVIe siècle.

25 — Panneau de quatre lés d'ancien satin vieux rose, broché à grands ramages. — Haut., 2 m. 45 cent.; larg., 2 m. 10 cent.

26 — Panneau en gros de Tours, broché en soie de couleurs et argent doré à fleurs. Époque Louis XV. — Haut., 1 m. 76 cent.; larg., 2 m. 15 cent.

27 — Panneau en satin rose, broché à fleurs en soie blanche. XVIIIe siècle. — Haut., 2 m. 20 cent.; larg., 2 m. 35 cent.

28 — Panneau en soie blanche, brochée à grosses fleurs en couleur et argent doré. Époque Louis XV. — Haut., 1 m. 95 cent.; larg., 2 m. 5 cent.

29 — Panneau en satin lie de vin, broché à fleurs en couleurs. Époque Louis XV. — Haut., 2 m. 5 cent.; larg., 1 m. 80 cent.

30 — Panneau et un lé en satin violet, broché à fleurs et quadrillés. XVIIIe siècle. — Haut., 2 m. 25 cent.; larg., 2 m. 5 cent.

31 — Panneau en ancienne soie capucine, armoriée et brochée à fleurs et rubans en couleurs avec passementerie. — Haut., 1 m. 80 cent.; larg., 2 m. 35 cent.

32 — Panneau en soie gris-tourterelle, broché à fleurs en couleurs et argent. Époque Louis XV. — Haut., 1 m. 80 cent.; larg., 2 m. 25 cent.

33 — Dessus de lit en ancien brocart, à fleurs sur fond prune, avec galon d'argent. — Haut. 1 m. 60 cent., larg., 2 m. 30 cent.

34 — Jupe défaite en soie blanche damassée et rayée bleu, brochée à dessin de fleurs en soie jaune. XVIIIe siècle.

35 — Bandeau Renaissance en satin crème, brodé au passé à fleurs et entrelacs en soie de couleurs.

36 — Panneau en satin rayé et broché à fleurs en soie de couleurs et argent doré. XVIIIe siècle. — Haut., 2 m.; larg., 1 m. 85 cent.

37 — Jupe défaite en soie crème armoriée et brochée à grosses fleurs en soie de couleurs. Époque Louis XV.

38 — Petit tapis formé de bandes d'anciens galons crème, armoriées, avec bordures de velours rouge ciselé.

39 — Jupe défaite en satin jaune, broché à fleurs en soie de couleurs et argent. Époque Louis XV.

40 — Jupe défaite en ancien brocart, à fleurs sur fond vert.

41 — Panneau en satin rose, à dessin de pagodes et fleurs brochées en soie de couleurs. Époque Louis XV. — Haut., 1 m. 55 cent.; larg., 2 m. 5 cent.

42 — Panneau en gros de Tours blanc broché, à guirlandes de fleurs en couleurs. Époque Louis XV. — Haut., 2 mètres; larg., 2 m. 20 cent.

43 — Carré de satin violet broché soie et argent, dessin de pagodes et fleurs. Époque Louis XV.

44 — Jupe défaite en dauphine bleue brochée à fleurs. Époque Louis XV.

45 — Jupe défaite en brocart, à grosses fleurs sur fond vert. Époque Louis XV.

46 — Panneau en soie bleutée brochée à fleurs. Époque Louis XV. — Haut., 1 m. 90 cent.; larg., 2 m. 30 cent.

47 — Petit panneau en satin vert brodé argent à dessin de menus rinceaux. Époque Louis XV.

48 — Panneau de soie gris-bleu brochée à fleurs en soie de couleurs et argent doré. Époque Louis XV. — Haut., 1 m. 95 cent.; larg., 1 m. 50 cent.

49 — Panneau en satin vert broché à dessin de fleurs et ruines. Époque Louis XV. — Haut., 2 m. 70 cent.; larg., 1 m. 10 cent.

50 — Panneau en soie rayée et brochée à fleurs. XVIIIe siècle. — Haut., 1 m. 55 cent.; larg., 95 cent.

51 — Tapis en satin vert armuré broché à fleurs. XVIIIe siècle. — Haut., 1 m. 55 cent.; larg., 1 m. 95 cent.

52 — Panneau en soie rayée violet et brochée à fleurs et rivières courantes en soie de couleurs et argent doré. XVIIIe siècle. — Haut., 2 m. 10 cent.; larg., 1 m. 55 cent.

53 — Panneau en soie rayée bleu et blanc et brochée à fleurs en couleur. Époque Louis XVI. Haut., 2 m. 35 cent.; larg., 1 m. 95 cent.

54 — Petit tapis en satin vert broché à fleurs en couleur. XVIIIe siècle.

55 — Panneau en brocart à grosses fleurs sur fond blanc. XVIIIe siècle. — Haut., 1 m. 90 cent.; larg., 1 m. 5 cent.

56 — Panneau en soie crème brochée à fleurs en soie de couleurs et argent doré. Époque Louis XV. Haut., 3 m. 65 cent.; larg., 1 mètre.

57 — Panneau de six lés en soie blanche brochée à fleurs et rivières courantes. Époque Louis XV. Haut., 2 m. 85 cent.; larg., 1 m. 5 cent.

58 — Panneau en ancien brocart à grosses fleurs

sur fond mastic, galon d'argent sur trois côtés. Haut., 1 m. 90 cent.; larg., 90 cent.

59 — Panneau en dauphine vieux rose, brochée à fleurs. Époque Louis XVI. Haut., 2 mètres; larg., 1 m. 05 cent.

60 — Panneau en ancienne moire à rayures jaunes et fleurs brochées. — Haut., 2 m. 50 cent.; larg., 1 mètre.

61 — Jupe défaite en soie verte brochée à fleurs. Époque Louis XV.

62 — Panneau en soie bleue brochée à vases de fleurs. Époque Louis XV. — Haut., 2 m. 60 cent.; larg., 95 cent.

63 — Panneau en ancien satin or broché à palmettes en soie de couleur et argent. — Haut., 2 m. 5 cent.; larg., 95 cent.

64 — Chasuble défaite en ancien brocart à grosses fleurs sur fond jaune.

65 — Petit tapis en ancienne soie saumon, brochée à fleurs en couleurs et argent; bordé d'une crête.

66 — Tapis en soie bleue, brochée à fleurs et rubans en couleurs. XVIIIe siècle. — Haut., 1 m. 95 cent.; larg., 2 m. 5 cent.

67 — Panneau en soie crème damassée, brochée à fleurs en couleurs. Époque Louis XV. Haut., 2 m. 10 cent.; larg., 90 cent.

68 — Jupe défaite en taffetas de soie violet à fleurs et rivières courantes, brochées en couleurs. Époque Louis XV.

69 — Manteau de Vierge en soie bleu-pâle brochée à fleurs. Époque Louis XV.

70 — Tapis en soie verte armurée à grosses fleurs brochées.

71 — Panneau en soie blanche, brochée à fleurs et nœuds en couleurs et argent doré. Époque Louis XV. — Haut., 1 m. 50 cent.: larg.. 2 m. 10 cent.

72 — Panneau en soie blanche, brochée à feuilles et fruits en soie de couleurs et argent. XVIIIe siècle.

73 — Petit tapis en ancienne soie vieux rose, brochée à fleurs et rivières courantes.

74 — Devant d'autel en ancien brocart à fond vert et brocart blanc moiré.

75 — Petite jupe défaite en soie bleu-clair, brochée à fleurettes. Époque Louis XVI.

76 — Panneau en soie crème, brodée en soie de couleurs et argent doré à fleurs et rinceaux rocaille. Époque Louis XV.

77 — Petit panneau en gros de Tours blanc, broché à fleurs en soie de couleurs et argent doré. XVIIIe siècle.

78 — Manteau de Vierge en ancienne soie verte, brochée à fleurs.

79 — Dessus de lit en ancienne soie quadrillée à fleurs et rivières courantes; bordure de volant et effilés.

80 — Quatre morceaux de soie jaune, brochée à grands ramages. XVIIIe siècle.

81 — Deux carrés en soie blanche, brochée à fleurs Époque Louis XVI.

82 — Jupe défaite en dauphine blanche, brochée en soie de couleurs et argent doré, à dessin de roses et marguerites. XVIIIe siècle.

83 — Jupe défaite en satin rose, rayé et broché à fleurs. XVIIIe siècle.

84 — Jupe défaite en soie crème, brochée à fleurs et rivières courantes. Époque Louis XV.

85 — Petit panneau en soie crème, brochée à fleurs en soie de couleurs et argent. Époque Louis XV.

86 — Deux manteaux de Vierge en soie bleutée, rayée et brochée à fleurs. Époque Louis XVI.

87 — Panneau en soie bleutée, brochée à fleurs et rivières courantes en soie de couleurs et argent. Époque Louis XV. — Haut., 1 m. 80 cent.; larg., 1 m. 95 cent.

88 — Panneau en soie vieux rose, brochée à fleurs et rubans. XVIIIe siècle. Avec passementerie. — Haut., 2 m. 95 cent.; larg., 98 cent.

89 — Panneau en ancien satin, rayé blanc et chaudron et broché à fleurs. — Haut., 1 m. 90 cent.; larg., 2 m. 5 cent.

90 — Panneau en satin rayé blanc et rose et broché à fleurs. Époque Louis XVI. Haut., 1 m. 53 cent.; larg., 2 m. 35 cent.

91 — Dessus de lit en soie rayée blanc et brochée à bandes de fleurs. XVIIIe siècle.

92 — Panneau de soie gris de fer, brochée à bandes de fleurs. XVIIIe siècle. — Haut., 1 m. 65 cent.; larg., 1 m. 70 cent.

93 — Petit panneau en soie changeante, brochée à fleurs et rivières courantes. Époque Louis XV.

94 — Panneau en ancien satin rouge brique, broché à grands ramages. — Haut., 1 m. 45 cent.; larg., 2 m. 20 cent.

95 — Manteau de Vierge en soie blanche, rayée et

brochée à fleurs en couleurs et argent avec paillettes. Époque Louis XVI.

96 — Jupe défaite en soie changeante, brochée à bouquets de fleurs et rivières courantes. Époque Louis XV.

97 — Panneau en ancienne soie grise, brochée à fleurs et palmettes en couleurs et argent doré. — Haut., 1 m. 47 cent.; larg., 2 mètres.

98 — Carré en ancienne soie crème, brochée à fleurs en couleurs et argent.

99 — Deux carrés en soie crème, brochée à fleurs en couleurs. XVIIIe siècle.

100 — Fragment de chasuble en satin rose, avec monogramme du Christ en application.

101 — Jupe en satin bleu-pâle, brodé à fleurs et quadrillés. XVIIIe siècle.

102 — Robe en satin rayé rouge et blanc et broché à fleurs et argent doré. Époque Louis XVI.

103 — Panneau en soie bleue damassée et brochée argent à fleurs et fruits. XVIIIe siècle. — Haut., 2 m. 15 cent.; larg., 1 mètre.

104 — Panneau en dauphine bleue, brochée à fleurs et rivières courantes en couleurs et argent. XVIIIe siècle. — Haut., 2 m. 15 cent.; larg., 1 m. 10 cent.

105 — Jupe en satin jaune, brodé au passé, à dessin de fleurs. XVIIe siècle.

106 — Jupe en soie violette, brochée à fleurs et rivières courantes en soie de couleurs. XVIIIe siècle.

107 — Petit panneau en dauphine lie-de-vin, brochée à fleurs et quadrillés. — Haut., 1 m. 95 cent.; larg., 55 cent.

108 — Jupe en soie vert d'eau, quadrillée et brochée à fleurs et rivières courantes. XVIIIe siècle.

109 — Jupe en soie rayée rose et blanc et brochée à fleurettes. Époque Louis XVI.

110 — Panneau en brocart à fond rose et larges fleurs; galon argent. XVIIe siècle. — Haut., 2 m. 10 cent.; larg., 90 cent.

111 — Tapis en satin vert, brodé à fleurs en couleurs et argent. XVIIe siècle.

112 — Six bandeaux de damas bleu et application de broderie au passé à fleurs et oiseaux, serties de ganses. XVIIe siècle.

113 — Deux rideaux et sept coussins en satin bleu avec double galon.

114 — Tapis en brocatelle rouge à ramages jaunes. XVIe siècle,

115 — Jupe en satin bleu armorié et broché à fleurs. XVIIIe siècle.

116 — Jupe en satin bleu, broché à fleurs et rivières courantes. Époque Régence.

117 — Jupe en ancien satin rouge, broché à grands ramages blancs rehaussés de couleurs.

118 — Manteau de Vierge et d'Enfant Jésus en ancien brocart, à fond vieux rose.

119 — Deux fragments de dauphine bleue, brochée à fleurs.

120 — Jupe en satin rayé bleu et blanc, broché à fleurs. Époque Louis XVI.

121 — Jupe en dauphine bleue, brochée à fleurs. XVIIIe siècle.

122 — Jupe en taffetas de soie, rayé vert sur fond crème, broché à fleurs roses.

123 — Petit panneau en soie armoriée havane, brochée à grosses fleurs brochées argent et couleurs. — Haut., 1 m. 80 cent.; larg., 88 cent.

124 — Jupe en ancienne soie damassée verte, brochée argent doré à fleurs et rubans.

125 — Devant d'autel en ancienne soie bleu-foncé, bordée argent doré et paillettes à dessin de fleurons, galons argent doré.

126 — Panneau en satin jaune, broché à grandes fleurs. — Haut., 1 m. 58 cent.; larg., 1 mètre.

127 — Jupe en soie bleue, brochée à fleurs. XVIIIe siècle.

128 — Panneau en ancien satin rose, broché à fleurs et rivières courantes. — Haut., 2 m. 40 cent.; larg., 90 cent.

129 — Jupe en ancien satin rose, broché à fleurs et rivières courantes.

130 — Panneau en ancien satin rose, broché à fleurs et rivières courantes. — Haut., 1 m. 95 cent.; larg., 1 m. 90 cent.

131 — Panneau en satin rayé blanc et rouge et broché à fleurettes. Époque Louis XVI. — Haut., 3 m. 45 cent.; larg., 1 m. 65 cent.

132 — Petit tapis en ancienne soie bleue, brochée à fleurs.

133 — Manteau de Vierge en ancienne soie rayée vert sur fond rose et brochée à fleurettes.

134 — Dessus de lit en ancienne soie rose rayée et brochée à fleurs et rivières courantes.

135 — Jupe en coton brodé de soie à fleurs.

136 — Deux fragments en soie armourée rouge, brochée à fleurs et rayures en blanc.

137 — Six pièces, satin rayé blanc et rouge sur fond bleu.

138 — Deux manteaux de Vierge en soie vert d'eau, brochée à fleurs. Époque Louis XVI.

139 — Robe en soie rayée blanc et jaune, brochée à fleurettes. Époque Louis XVI.

140 — Dix morceaux, soie armurée capucine, rayée blanc et bleu et brochée à fleurettes. Époque Louis XVI.

141 — Sept pièces, satin gris-bleuté, broché à grands ramages.

142 — Petit carré en ancien satin rouge, broché à fleurs vieil or.

143 — Trois pièces : ancien satin rayé bleu et blanc et broché à petits rinceaux.

144 — Jupe en ancienne soie rose changeante.

145 — Quatre morceaux, ancien satin broché à grands ramages gris.

146 — Chasuble défaite en ancien brocart à fleurs argent sur fond rouge.

147 — Jupe et corsage Empire en damas blanc à palmettes argent.

148 — Coupon et sortie de bal défaite en soie rayée

blanc et rose. Époque Louis XVI. — Long., 7 m. 40 cent.

149 — Panneau en brocart à fond vert, broché à fleurs en couleurs et argent doré. Époque Louis XIV. — Haut., 1 m. 80 cent.; larg., 90 cent.

150 — Jupe défaite en soie jaune, brodée à fleurs au passé. XVIIe siècle.

151 — Panneau en ancien gros de Tours rose, broché à dessin de glands en couleurs et argent. — Haut., 1 m. 50.; larg., 2 m.

152 — Tapis en soie rouge, brodé argent doré, argent et soie avec dentelle argent doré. XVIIe siècle.

153 — Vêtement de Vierge en soie vieux rose, brodée argent et soie. XVIIe siècle.

154 — Deux devants de robes en satin blanc, brodé au point de chainette à fleurs. Époque Louis XVI.

155 — Deux devants de robes en soie blanche, brodée au point de chainette à fleurs, avec paillettes et passementerie. Époque Louis XVI.

156 — Carré de soie blanche, avec applications de broderie en chenille à fleurs. XVIIIe siècle.

157 — Dessus de lit en soie saumon, brodée de larges fleurs au passé. XVIIe siècle.

158 — Devant de robe en soie grise, brodée à fleurs au passé. Epoque Louis XVI.

159 — Devant de jupe en moire verte, avec applications de broderie à fleurs.

160 — Panneau en satin crème, brodé au passé à grands rinceaux et fleurs. Époque Louis XIV.

161 — Carré en soie blanche, brodée à fleurs en couleurs et argent doré. Époque Louis XIV.

162 — Panneau en ancienne soie rouge, rayée et brochée à fleurs et rivières courantes. — Haut., 2 m. 15.; larg., 1 m. 95.

163 — Feuille d'écran en ancienne soie grise, avec applications: vase de fleurs et monogramme.

164 — Panneau en lampas vert et blanc à grands ramages. Époque Empire. Haut., 1 m. 60.; larg., 2 m. 20.

165 — Dalmatique en brocart à fond blanc et grosses fleurs, avec galons. Époque Louis XIV.

166 — Trois morceaux de drap d'or, fond rouge.

167 — Chasuble en soie blanche, brodée en soie de couleurs au passé et argent doré : fleurs et armoiries. Époque Louis XIV.

168 — Devant d'autel en ancien damas vert, brodé argent brodé et argent à grands ramages.

169 — Petit panneau en brocart à fond rouge et grands ramages blanc et argent. XVIIe siècle.

170 — Feuille d'écran en satin rouge, brodé en chenille, vase de fleurs. Époque Louis XVI.

171 — Devant de chasuble en satin blanc, avec applications Louis XIII en soie et argent.

172 — Petit panneau en drap d'argent, avec applications de fruits et de fleurs.

173 — Chasuble en ancienne soie marron, brodée argent à rinceaux, avec corporal, étole, manipule et voile de calice.

174 — Devant d'autel en soie blanche, brodée à fleurs et rinceaux en soie et argent. XVIIe siècle.

175 — Chape en soie crème, brochée à fleurs en soie et argent doré.

176 — Panneau en ancienne soie, brochée à fleurs. — Haut., 2 m. 25 cent.; larg., 90 cent.

177 — Devant d'autel en brocart, à grands ramages sur fond jaune. Avec galons et effilés. Époque Louis XIV.

178 — Ciel de lit en satin bleu, brodé argent et paillettes, à fleurs et rubans. XVIIIe siècle.

179 — Chasuble en ancien satin crème, brodé à fleurs,

fruits et oiseaux en soie de couleurs et argent doré.

180 — Devant d'autel en satin crème, brodé en chenille et argent avec paillettes : monogramme du Christ et fleurs. XVIIIe siècle.

181 — Chasuble en satin crème, brodé à fleurs: paons et draperies. XVIIIe siècle.

182 — Panneau en drap d'argent, brodé argent, à fleurs et fleurons. XVIIIe siècle.

183 — Chape en brocart, à fond jaune et grands ramages. Époque Louis XIV.

184 — Tapis en ancien gros de Tours bleu, orné de dentelles métalliques.

185 — Voile de calice en soie verte, brodée argent et soie. XVIIe siècle.

186 — Tapis en soie bleue, avec ancienne dentelle d'argent.

187 — Carré de brocart à fleurs sur fond blanc. Époque Louis XVI.

188 — Carré brodé à fleurs en argent doré et soie. Époque Louis XVI.

189 — Carré en satin vert, broché à fleurs. Époque Louis XIV.

190 — Carré en soie blanche, brochée à fleurs. Époque Louis XIV.

191 — Carré en damas rouge, broché à fleurs en soie de couleurs et argent doré. Époque Louis XIV.

192 — Carré en soie rouge, brodée au passé à fleurs. avec guipure. XVIIIe siècle.

193 — Carré de brocart, à fond rouge et fleurs en couleurs et argent doré. Époque Louis XIV.

194 — Petit tapis en soie bleue, brodée au passé à fleurs. XVIIe siècle.

195 — Voile de calice en satin bleu, brodé de fleurs et chiffre du Christ. XVIIIe siècle.

196 — Carré en brocart, à dessin de bateaux et fruits. Époque Louis XIV.

197 — Carré en soie blanche et broderie de soie et argent doré appliquée. XVIIe siècle.

198 — Petit panneau en broderie de soie de couleurs à grosses fleurs sur fond violet. Époque Louis XIII.

199 — Petit tapis en satin crème, avec applications : vase de fleurs. Époque Louis XVI.

200 — Petit tapis en soie blanche, brodée à fleurs en soie de couleurs et argent doré. XVIIe siècle.

201 — Petit tapis en soie rayée blanc, vert et rose, et brochée à bouquets de fleurs. Époque Louis XVI.

202 — Petit carré en soie rayée et brochée à fleurs. XVIIIᵉ siècle.

203 — Petit panneau en soie blanche rayée et brochée à fleurs. XVIIIᵉ siècle.

204 — Petit panneau en satin jaune rayé bleu et blanc, et broché à fleurs. XVIIIᵉ siècle.

205 — Petit tapis en satin rayé rose, brodé au passé et en chenille en soie et argent à fleurs. Bordure de passementerie. XVIIIᵉ siècle.

206 — Petit panneau en dauphine vieil or, brochée à fleurs. XVIIIᵉ siècle.

207 — Petit panneau en dauphine blanche, brochée à fleurs. Époque Louis XVI.

208 — Petit panneau en soie rayée et brochée à fleurs et ruban. XVIIIᵉ siècle.

209 — Petit panneau en satin rayé à fond vieil or et broché à fleurs. XVIIIᵉ siècle.

210 — Petit panneau en satin blanc, broché à grosses fleurs. Époque Louis XIV.

211 — Petit panneau en soie bleue armoriée et brochée à fleurs. Époque Louis XV.

212 — Petit panneau en dauphine crème, brochée à fleurs. XVIIIe siècle.

213 — Tapis de brocart à fond vert et grands ramages. Époque Louis XIV.

214 — Petit panneau en soie bleue armoriée et brochée à fleurs. XVIIIe siècle.

215 — Petit tapis en soie rayée, brochée à fleurs et rivières courantes. Bordure de dentelle d'argent doré. XVIIIe siècle.

216 — Carré de brocart à fond vert et grands ramages avec galon. XVIIe siècle.

217 — Carré de brocart, à fond vert et larges palmettes. XVIIe siècle.

218 — Petit tapis en brocart, à fond marron damassé. Bordure d'effilés. XVIIe siècle.

219 — Carré de soie blanche. brochée argent à grands ramages. XVIIIe siècle.

220 — Petit tapis de soie rayée, brochée à fleurs et rivières courantes. Dentelle d'argent. XVIIIe siècle.

221 — Petit tapis de brocart, à fond blanc et bouquets de fleurs. Dentelle d'argent doré. Époque Louis XV.

222 — Carré de brocart, à fond blanc et grands ramages. XVIIe siècle.

223 — Petit tapis en brocart, à fond bleu et grands ramages. XVIIe siècle.

224 — Petit tapis en brocart, à fond havane et grands ramages. Bordure de dentelle d'argent doré. XVIIe siècle.

225 — Petit tapis de soie rayée, brochée à fleurs et rivières courantes en soie et argent. Bordure de passementerie. Époque Louis XV.

226 — Petit tapis en soie rose rayée et brochée à fleurs. XVIIIe siècle.

227 — Carré de soie marron, brochée à fleurs. XVIIe siècle.

228 — Tapis de soie rayée, brochée à fleurs et rivières courantes. Bordure de dentelle d'argent. XVIIIe siècle.

229 — Petit lé de satin vieux rose, broché à fleurs. XVIIIe siècle.

230 — Petit tapis de soie rose, brochée à fleurs et épis de blé. Bordure d'effilés. XVIIIe siècle.

231 — Carré de soie verte, brochée à fleurs et rivières courantes. XVIIIe siècle.

232 — Carré de dauphine orangée, brochée à fleurs. Époque Louis XV.

233 — Petit tapis de soie quadrillée, brochée à fleurs et rivières courantes en soie et argent. Bordure d'effilés. Époque Louis XV.

234 — Carré de soie rayée rose et blanc, brochée à fleurs. Époque Louis XVI.

235 — Carré de satin rayé rouge et blanc, broché à fleurs et rubans. XVIIIe siècle.

236 — Carré de soie bleue armourée et brochée à fleurs. XVIIIe siècle.

237 — Carré de satin vert, broché à fleurs XVIIIe siècle.

238 — Petit tapis de satin jaune rayé et broché à fleurs. XVIIIe siècle.

239 — Carré de satin marron, broché à fleurs. XVIIIe siècle.

240 — Tapis de soie verte et coton brodé du XVIe siècle.

241 — Tapis de soie orangée, avec applications de large dentelle d'argent. Époque Louis XIII.

242 — Petit carré satin blanc, broché soie et argent à fleurs et oiseaux. XVIIe siècle.

243 — Petit carré de satin havane, broché soie et argent doré à fleurs. XVIIe siècle.

244 — Chasuble en drap d'argent, broché à fleurs en soie. XVIIe siècle.

245 — Deux chaperons et bande de satin vert, broché argent doré. XVIIe siècle.

246 — Petit panneau de brocart, à fond damassé vert clair et grands ramages. XVIIIe siècle.

247 — Devant d'autel, broché à fleurs en soie et argent sur fond blanc. XVIIe siècle.

248 — Panneau en satin vert, broché soie et argent à grands ramages. XVIIe siècle.

249 — Dessus de lutrin en soie jaune, brodée au passé, à fleurs et oiseaux, avec applications de broderie sur canevas, à sujets saints. XVIIe siècle.

250 — Environ 7 m. 40 cent., bande de soie havane, brodée argent, à rinceaux et quadrillés. Époque Régence.

251 — Deux bandeaux de soie marron, brodée au passé en soie et argent, à dessin de mascarons, rinceaux, cornes d'abondance, oiseaux et insectes. XVIIe siècle.

252 — Dossier de lit en satin crème, avec applications, broderie et ganses à dessin de rinceaux. XVIIe siècle.

253 — Dossier et fond de lit en satin crème piqué et damas rouge, avec broderie en chenille et applications à dessin de rinceaux. XVIIe siècle.

254 — Petit tapis en moire bleue, brodée au passé en soie de couleurs et argent doré, à fleurettes et rinceaux. XVIIIe siècle.

255 — Environ 1 m. 68 cent., bande de satin rouge, avec applications à dessin de rinceaux. XVIe siècle.

256 — Semainier en soie blanche, brodée à dessin de rinceaux. Bordure de dentelle d'argent doré. XVIIe siècle.

257 — Petit carré en soie blanche, brochée à fleurs. Époque Louis XIV.

258 — Voile de calice en soie blanche, brochée au passé à fleurs et rinceaux en soie et argent doré. XVIIe siècle.

259 — Semainier en soie bleue, brodée au passé à corbeille de fleurs ; dentelle d'argent doré. XVIIe siècle.

260 — Petit tapis en brocart, à fleurs sur fond vert. Galon d'argent doré. XVIIe siècle.

261 — Deux coussins en soie blanche, brodée au passé à fleurs en soie de couleurs et bordure de dentelle d'argent. XVIIe siècle.

262 — Deux petits carrés en drap d'argent, brodé à dessin de rinceaux. XVIIe siècle.

263 — Petit carré en moire blanche, à fleurs brodées en chenille. Époque Louis XVI.

264 — Petit sac en soie blanche, brodée à fleurs, avec paillettes. Époque Louis XVI.

265 — Gilet satin blanc, brodé à fleurettes. XVIIIe siècle.

266 — Gilet en soie blanche, brodée à fleurettes. XVIIIe siècle.

267 — Gilet en satin crème brodé au passé, à fleurs. XVIIIe siècle.

268 — Gilet en satin crème, brodé au point de chainette, à fleurs. XVIIIe siècle.

269 — Deux lambrequins de soie blanche, brodée en soie de couleurs et argent au passé, à dessin de fleurs et corbeilles. XVIIe siècle.

270 — Bande de soie blanche, brochée argent doré, argent et soie à fleurs. XVIIe siècle. — Long., 1 m. 80 cent.

271 — Environ 4 m. 55 cent. de bande de soie à fond vert et jaune, avec applications de satin rouge lamé argent. XVIIe siècle.

272 — Deux bandeaux de soie rouge, brodée à fleurs et quadrillés en soie blanche. Époque Régence.

273 — Quatre bandes de serge jaune, avec applications de velours rouge. — Long., 2 m. 5 cent.

274 — Deux bandeaux de satin vert, avec application de velours vert et ganse.

275 — Quatre bandeaux ancien satin soie, à dessin de rangs de palmettes brochées jaune. XVIIe siècle. — Longueur totale, 7 m. 45 cent.

276 — Bandeau en broderie de soie, à fleurs sur fond blanc. XVIIe siècle. — Long., 2 m. 80 cent.

277 — Bande de satin bleu-clair, brodé à dessin de rinceaux. XVIIe siècle. — Long., 3 m. 30 cent.

278 — Bandeau de broderie d'argent doré, à dessin de fleurs brodées en soie de couleurs. XVIIe siècle. — Long., 1 m. 85 cent.

279 — Deux bandeaux de satin rose, brodé d'argent doré et argent à rinceaux. Bordure de dentelle d'argent doré. XVIIIe siècle.

280 — 2 m. 90 cent. de bande de broderie d'argent doré, à dessin de rinceaux en broderie de soie de couleurs. XVIIe siècle.

281 — 5 m. 55 cent. de bandes de satin bleu, brodé à dessin de rinceaux et oiseaux. XVIIe siècle.

282 — Bandeau de 3 m. 45 cent. de drap d'argent, avec applications de drap d'argent doré et ganse, à dessin de rinceaux. XVIIe siècle.

283 — Bandeau de drap d'argent, brodé de fleurs et rinceaux en soie de couleurs. XVIIe siècle. — Long., 2 m. 15 cent.

284 — Deux lambrequins de soie vert-clair, avec applications de broderie de soie blanche au plumetis. XVIIe siècle

285 — Bandeau en drap d'argent doré, brodé au passé à dessin de fleurs. XVIIe siècle.

286 — Bande étroite de soie bleue, brochée argent. Fin du XVIIIe siècle. — Long., 2 m. 85 cent.

287 — Bande étroite en soie jaune, brodée au passé à fleurs. XVIIIe siècle. Long., 2 m. 8 cent.

288 — Deux bandes de satin rouge, brodé argent doré avec médaillons de saints personnages en broderie de soie lamée argent doré. Italie, XVIe siècle.

289 — Trois bandeaux de damas rouge. Époque Louis XIV.

290 — Tenture de lit en damas rouge bordé de galon jaune : quatre rideaux, un dessus de lit, ciel de lit avec courtines, et fond de lit. Époque Louis XIV.

291 — Dessus de lit en damas rouge avec volant. Époque Louis XIV.

292 — Environ 59 m. damas rouge : vingt-trois panneaux et quatorze bandes. Époque Louis XIV.

293 — Environ 49 m. damas rouge. Époque Louis XIV.

294 — Tenture de damas rouge en neuf lés. Époque Louis XIV. — Haut., 2 m. 45.

295 — Tenture de damas rouge en huit lés. Époque Louis XIV. — Haut., 2 m. 40 cent.

296 — Environ 16 m. 15 cent. damas rouge. Époque Louis XIV.

297 — Environ 54 m. 25 cent. damas rouge. Largeur, 70 cent. Époque Louis XIV.

298 — Lot de damas rouge. Époque Louis XIV.

299 — Environ 8 m. 65 cent. damas rouge en cinq lés. Époque Louis XIV.

300 — Dessus de lit damas rouge. Époque Louis XIV.

301 — Trois lambrequins damas rouge, avec applications. Époque Louis XIV.

302 — Lot de damas rouge.

303 — Environ 35 mètres damas vert, à dessin de vases. Époque Louis XIV.

304 — Lé de damas vert, à grands ramages. Époque Louis XIV. Long., 2 m. 85 cent.

305 — Environ 12 mètres en six lés d'ancien damas vert, à dessin de grenades et feuilles.

306 — Dessus de lit en damas bleu. Époque Louis XIV.

307 — Huit fragments de satin blanc, brodé argent doré et soie, à dessin de rinceaux, fleurs, armoiries et oiseaux. XVIIe siècle.

308 — Lot de bandes de satin jaune à ramages vert et blanc. Époque Louis XIV. Long., environ 50 mètres.

309 — Lot de bandes de satin rouge, à rosaces et palmettes, tissés blanc et vert. Long., 7 m. 40 cent. et 3 m. 75 cent.

310 — Trois bandes de soie rose et jaune, à ramages, lamés argent. XVIe siècle. Long., 5 m. 40 cent.

311 — Environ 10 m. 40 cent. satin blanc ancien en pièces.

312 — Environ 12 mètres satin blanc ancien en pièces.

313 — Tapis d'ancien velours rouge ciselé, à fleurs avec franges. — Haut., 2 m. 10 cent.; larg., 2 mètres.

314 — Panneau d'ancien velours jaune, ciselé à fleurs. Haut., 2 m. 30 cent.; larg., 1 m. 80 cent.

315 — Devant d'autel en velours vert ciselé, à palmettes sur fond lamé argent doré. Italie, XVIe siècle. Avec franges à grilles en argent doré.

316 — Deux tapis ancien damas et velours rouges, avec franges et galons.

317 — Tapis d'ancien velours ciselé vert sur fond rose, à petites feuilles avec franges. Haut., 2 mètres; larg., 2 m. 35 cent.

318 — Tapis d'ancien velours rouge ciselé à petites feuilles.

319 — Tapis d'ancien velours, à ramages verts sur fond vieux rose.

320 — Tapis d'ancien velours ciselé, à rayures sur fond jaune. Avec franges et volant. — Haut., 2 m. 20 cent.; larg., 1 m. 80 cent.

321 — Environ 37 mètres de brocatelle jaune et rouge, à grands ramages. XVIIe siècle.

322 — Trois portières en brocatelle jaune, à grands ramages. XVIIe siècle.

323 — Douze morceaux de satin jaune rayé bleu, blanc et violet.

324 — Panneau en satin rayé rose et blanc. — Haut., 1 mètre; larg., 3 mètres.

325 — Panneau de satin jaune rayé. — Long., 4 m. 30 cent.; larg., 55 cent.

326 — Panneau, taffetas et satin rayés blanc et vert. — Haut., 3 m. 20 cent.; larg., 1 m. 95 cent.

327 — Panneau, taffetas et satin rayés rose et bleu. Haut., 2 m. 55 cent.; larg., 1 mètre.

328 — Panneau de taffetas à rayures multicolores. Haut., 2 m. 40 cent.; larg., 1 m. 70 cent.

329 — Quatre lés, taffetas jaune rayé blanc.

330 — Lot de rideaux de satin vert truité.

331 — Chape en ancien satin broché, à grands ramages gris sur fond violet.

332 — Panneau en soie crème, brodée en couleurs et argent doré et avec paillettes : armoiries, figure de saint François, anges; chairs peintes. XVIIe siècle.

333 — Dais en ancienne soie rouge, brodée à décor de croisillons.

334 — Garniture de bergère en satin rouge, broché jaune à rosaces. Époque Empire.

335 — Montant en velours vert, avec applications à dessin de vases et rinceaux. Italie, XVIe siècle. Long., 2 m. 20 cent.

336 — Trois bandes de velours rouge, brodé argent doré à dessin de rinceaux. Italie, XVIe siècle. Long. totale, 4 m. 90 cent.

337 — Deux agrafes de chapes de velours rouge, avec applications. Italie, XVIe siècle.

338 — Bandeau de velours rouge, avec applications de rinceaux de velours vert. Larg., 2 m. 25 cent.

339 — Sac de velours bleu ciselé à larges feuilles. XVIIe siècle.

340 — Devant d'autel en ancien velours rouge rayé jaune, et galons argent doré.

341 — Panneau de velours ciselé, à rangées de palmettes bleues sur fond blanc. — Long., 1 m. 75 cent.; larg., 1 m. 20 cent.

342 — Deux morceaux d'ancien velours ciselé à dessin rouge : fleur de lis et couronne, sur fond jaune lamé argent doré.

343 — Carré d'ancien velours ciselé, à ramages rouges sur fond jaune.

344 — Chasuble en velours ciselé vert, avec dentelle d'argent doré. XVIe siècle.

345 — Lot de velours rouge, à dessin formé de lacets croisés. XVIIe siècle.

346 — Panneau de velours ciselé capucine, à fleurettes. XVIIIe siècle. — Long., 1 m. 75 cent.; larg., 90 cent.

347 — Tapis long de velours havane avec franges.

348 — Tapis d'ancien velours ciselé à petits motifs verts sur fond jaune avec effilé.

349 — Bandeau en ancien velours ciselé, à petits ramages rouges sur fond jaune. Avec franges.

350 — Quatre bandeaux d'ancien velours jaune ciselé, avec franges à grilles, effilés et attaches.

351 — Bande d'ancien velours, à rinceaux violets ciselés sur fond jaune. Long., 3 m. 60 cent.

352 — Petit carré d'ancien velours rouge ciselé, à larges palmes.

353 — Petit carré d'ancien velours vert ciselé à fond lamé argent doré.

354 — Petit tapis d'ancien velours ciselé, à bandes vertes sur fond rouge. Avec volant.

355 — Deux petits tapis d'ancien velours orange, à petits ramages ciselés.

356 — Deux carrés d'ancien velours rouge ciselé, à petits ramages.

357 — Petit panneau d'ancien velours ciselé, à petits motifs verts sur fond jaune.

358 — Panneau de velours ciselé, à dessin rouge, vases de fleurs et dais, sur fond lamé argent doré.

359 — Petit tapis de velours rouge, brodé argent doré : armoirie et rosaces. XVIIe siècle.

360 — Panneau en ancien velours ciselé, à ramages havane sur fond gris. Long., 2 m. 50 cent. ; larg., 1 m. 30 cent.

361 — Tapis de peluche jaune ciselée, à fleurs.

362 — Panneau d'ancien velours ciselé, à petits ramages verts sur fond jaune. — Haut., 1 m. 70 cent.; larg., 95 cent.

363 — Tapis et trois lambrequins velours vert, avec applications à dessin de palmettes. XVIIe siècle.

364 — Chasuble en velours rayé bleu, avec galons. XVIIe siècle.

365 — Lot d'ancien velours à ramages rouges sur fond jaune.

366 — Petit tapis en ancien velours rouge ciselé, à petits ramages.

367 — Panneau d'ancien velours ciselé, à ramages bleus sur fond crème.

368 — Panneau de droguet, à ramages bleus sur fond rose.

369 — Petit panneau en velours rouge ciselé sur fond lamé argent doré, à médaillons et guirlandes. Époque Louis XVI.

370 — Panneau d'ancien velours rouge rayé blanc et rouge. — Haut., 1 m. 70 cent.; larg., 90 cent.

371 — Petit panneau de velours ciselé, à fleurs en couleurs, sur fond lamé argent. Époque Louis XIV.

372 — Petits tapis de velours ciselé, à dessin de rosace et trophées en couleurs sur fond jaune.

373 — Petit tapis de velours ciselé, à fleurs sur fond jaune.

374 — Petit panneau d'ancien velours ciselé, à fleurs et feuillages violets sur fond lamé argent.

375 — Devant d'autel en soie crème, brochée en couleurs et argent à rinceaux fleuris. XVIIe siècle.

376 — Moitié de chasuble en ancien velours ciselé, à ramages jaunes sur fond bleu.

377 — Tapis de selle en velours rouge, brodé argent doré.

378 — Mitre en ancien velours rouge, brodé argent à figure de sainte Barbe.

379 — Trois coussins en ancien velours ciselé, à grands ramages.

380 — Six coussins en ancien velours ciselé : dessin rouge à médaillons sur fond blanc.

381 — Quatre coussins en ancien velours vert ciselé, à médaillons.

382 — Habit d'ancien velours violet brodé, à fleurs en soie de couleurs.

383 — Lot de carrés d'ancien velours rouge ciselé, à fleurs.

384 — Lot de morceaux d'ancien velours rouge ciselé, à semis de vases de fleurs.

385 — Lot de morceaux d'ancien velours rouge ciselé, à grands ramages.

386 — Petit carré d'ancien velours ciselé, à palmes lamées argent.

387 — Deux panneaux d'ancien velours jaune uni. — Haut., 1 m. 85 cent.; 1 m. 30 cent. et haut., 2 m. 30 cent.; larg., 2 mètres.

388 — Petit tapis d'ancien velours rouge uni.

389 — Petit tapis d'ancien velours jaune uni.

390 — Lot d'ancien velours bleu-clair uni.

391 — Panneau d'ancien velours vert foncé uni. — Haut., 1 m. 55 cent.; 1 m. 90 cent.

392 — Panneau d'ancien velours vert-mousse uni. — Haut., 2 m. 55 cent.; larg., 2 m. 35 cent.

393 — Bandeau d'ancien velours rouge, aux initiales *F. G.*, avec dentelles d'argent.

394 — Petit panneau d'ancien velours vert uni. — Haut., 2 m. 10 cent.; larg., 1 mètre.

395 — Lot de velours ancien vert uni.

396 — Panneau d'ancien velours bleu uni. — Haut., 2 m. 20 cent.; larg., 1 m. 50 cent.

397 — Deux lés ancien velours vert uni.

398 — Lé d'ancien velours vert uni.

399 — Robe défaite ancien velours rouge uni.

400 — Lé d'ancien velours rouge uni.

401 — Corsage ancien velours rouge uni.

402 — Lé, ancien velours rouge uni. — Long., 3 mètres.

403 — Quatre lés d'ancien velours rouge uni. — Long. totale, 7 m. 20.

404 — Deux lés, velours rouge uni.

405 — Quatre lés, velours capucine.

406 — Lé, velours rouge uni.

407 — Lot de sièges, velours vert uni.

408 — Tapis en drap de Recht.

409 — Tapis de drap rouge brodé de soie de couleurs à fleurs au point de chainette.

410 — Cantonnière en satin de Chine prune brodé à personnages.

411 — Panneau en satin de Chine rouge brodé à personnages.

412 — Robe chinoise en satin bleu brodé, à revers jaunes.

413 — Robe chinoise en satin rose brodé.

414 — Robe chinoise en satin bleu brodé.

415 — Robe chinoise en satin bleu brodé, revers jaunes.

416 — Robe chinoise en satin rouge brodé.

417 — Bandeau en satin rouge de Chine brodé.

418 — Petit panneau en soie orange brodée de la Chine.

419 — Panneau en brocart à fond corail. Japon.

420 — Quatre pièces, satin rouge brodé à fleurs et oiseaux. Chine.

421 — Panneau en tapisserie au point : lion dans un médaillon. XVIIe siècle.

422 — Deux lambrequins, tapisserie au point à fleurs. XVIIe siècle.

423 — Bandeau en drap brodé et tapisserie au point à dessin de vases de fleurs. Fin du XVIe siècle. Long., 4 m. 35 cent.

424 — Bandeau en tapisserie au point à personnages et animaux. XVIIe siècle.

425 — Carré en tapisserie au point, berger et fleurs. XVIIIe siècle.

426 — Feuille d'écran en tapisserie au point : Daphné. XVIIe siècle.

427 — Feuille d'écran en tapisserie au point : Paysans buvant. XVIIIe siècle.

428 — Feuille d'écran en tapisserie au point : Ismaël dans le désert. XVIIe siècle.

429 — Feuille d'écran en tapisserie au point : Personnages et fleurs. XVIIIe siècle.

430 — Feuille d'écran en tapisserie au point : Narcisse se mirant dans la fontaine. XVIIe siècle.

431 — Feuille d'écran en tapisserie au point : Les Vendanges. XVIIe siècle.

432 — Feuille d'écran en tapisserie au point : Le Christ et la Samaritaine. XVIIe siècle.

433 — Feuille d'écran en tapisserie au point : Hercule et Antée. XVIIe siècle.

434 — Petit panneau en tapisserie au point, à sujet de chasse. XVIIe siècle.

435 — Feuille d'écran en tapisserie au point : Daphné. XVIIe siècle.

436 — Feuille d'écran en tapisserie au point : Chien et renard. XVIIe siècle.

437 — Feuille d'écran en tapisserie au point : Personnage mythologique. XVIIe siècle.

438 — Deux dossiers en tapisserie au point : Personnages. XVIIe siècle.

439 — Trois coussins en tapisserie au point, à fleurs. XVIIe siècle.

440 — Deux carrés en tapisserie au point et point de Hongrie, à dessin de jet d'eau et lion. xviie siècle.

441 — Bandeau en tapisserie au point à sujets mythologiques. xviie siècle.

442 — Quatre bandeaux en tapisserie au point, à personnages et animaux. xviie siècle.

443 — Sept carrés en tapisserie au point, à sujets saints. xviie siècle.

444 — Devant d'autel au point de Hongrie et tapisserie au point : fleurs. xviie siècle.

445 — Bandeau au point de Hongrie et damas, avec franges à grilles. xviie siècle.

446 — Bandeau en broderie et point de Hongrie : fleurs. xviie siècle.

447 — Bande de tapisserie au point : fleurs. xviie siècle.

448 — Encadrement en tapisserie au point et point de Hongrie : fleurs sur fond vert. xviie siècle.

449 — Lambrequin et trois morceaux de tapisserie au point, à fleurs sur fond blanc. xviie siècle.

450 — Deux bandes de tapisserie au point, à personnages et fleurs. xviie siècle. — Larg. totale. 7 m. 25 cent.

451 — Feuille d'écran en tapisserie au point : Minerve. XVIIe siècle.

452 — Siège en tapisserie au point : Amphitrite et Cybèle. XVIIe siècle.

453 — Feuille d'écran en tapisserie au point : Personnages. XVIIe siècle.

454 — Tableau en broderie : Lion et cheval. XVIIe siècle.

455 — Feuille d'écran en broderie : rinceaux et buste. XVIIe siècle.

456 — Tableau en broderie : Buste du Christ. XVIIe siècle.

457 — Siège et dossier en tapisserie au point : Personnages et animaux. XVIIe siècle.

458 — Feuille d'écran en tapisserie au point : l'Automne. XVIIe siècle.

459 — Feuille d'écran en tapisserie au point : Danseurs. XVIIe siècle.

460 — Panneau en tapisserie au point : fleurs. XVIIIe siècle.

461 — Siège en tapisserie au point, à personnages. Époque Louis XV.

462 — Siège en tapisserie au point, à rinceaux. Époque Louis XIV.

463 — Cinq morceaux pour fauteuils en tapisserie au point, à ramages verts sur fond jaune. XVIIIe siècle.

464 — Quatre morceaux pour fauteuils en tapisserie au point, à fleurs sur fond jaune. XVIIe siècle.

465 — Deux pièces pour siège en tapisserie au point: Sujet mythologique et animaux. XVIIe siècle.

466 — Feuille d'écran en tapisserie au point : Chasseur. XVIIIe siècle.

467 — Lot de pièces provenant d'un ornement sacerdotal en tapisserie au point.

468 — Deux bandeaux en satin rouge, brodé en métal.

469 — Enveloppe de boite en soie rouge, brodée argent doré. XVIIIe siècle.

470 — Tenture, en neuf pièces, en serge verte, avec applications. XVIIe siècle.

471 — Quatre morceaux de toile de Jouy, à personnages. XVIIIe siècle.

472 — Trois morceaux de toile de Jouy, à médaillons. Époque Empire.

473 — Morceau de toile de Jouy, à sujets mythologiques. Époque Empire.

474 — Panneau de toile de Jouy, à fleurs. XVIIIe siècle.

475 — Douze pièces variées en toile de Jouy, à fleurs. XVIIIe siècle.

476 — Fort lot de bordures en broderie de soie à rubans et fleurs.

477 — 37 m. 65 cent. de bordures en satin vert broché, à rinceaux jaunes, et 53 m. 40 cent. de bordures analogues, mais plus étroites. Époque Empire.

478 — 10 m. 40 cent. de bordures de satin vert broché à rinceaux jaunes. Époque Empire.

479 — Lot de bordures, environ 15 m., de satin jaune, broché à fleurs.

480 — Fort lot de franges variées. Sera divisé.

481 — Fort lot de glands. Sera divisé.

482 — Fort lot de galons de velours et de soie. Sera divisé.

483 — Fort lot de galon métallique. Sera divisé.

484 — Sous ce numéro, fort lot d'étoffes variées : écussons brodés, petits tableaux broderie, trophées d'instruments de musique brodés. Sera divisé.

TAPISSERIES

485 — Feuille d'écran en tapisserie : Fillette et oiseau. Époque Louis XV.

486 — Feuille d'écran en tapisserie : Médaillon à sujet de chasse et amours. Époque Louis XVI.

487 — Feuille d'écran en tapisserie : Médaillon à sujet de chasse et rinceaux. Époque Louis XVI.

488 — Feuille d'écran en tapisserie : Canards et fleurs. Époque Louis XV.

489 — Deux feuilles d'écrans en tapisserie : à fleurs. Époque Louis XVI.

490 — Feuille d'écran en tapisserie : Fillette dans un paysage. Époque Louis XVI.

491 — Feuille d'écran en tapisserie : Personnage de la Comédie italienne. Époque Régence.

492 — Feuille d'écran en tapisserie : Bouquet de fleurs, fond quadrillé. Époque Louis XVI.

493 — Feuille d'écran en tapisserie : Oiseaux et fleurs. Époque Louis XV.

494 — Feuille d'écran en tapisserie : Vase de fleurs. Époque Louis XIV.

495 — Feuille d'écran en tapisserie : Chien dans un médaillon, fond jaune. Époque Louis XV.

496 — Deux carrés en tapisserie : Personnages et bordures. Flandres, XVIe siècle.

497 — Siège, dossier et manchettes de canapé en tapisserie à compartiments d'animaux, sur fond blanc, rehaussé de cornes d'abondance et feuilles. Fin du XVIIIe siècle.

498 — Quatre pièces pour sièges en tapisserie, à personnages et bordures. Époque Louis XVI.

499 — Cinq pièces pour sièges en tapisserie : Animaux et fleurs. Époque Louis XVI.

500 — Trois petits carrés variés en tapisserie : Fleurs et personnages. Époque Louis XVI.

501 — Lot de bordures en tapisserie. Époque Empire.

502 — Dessus de banquette en tapisserie à carquois. Époque Louis XVI.

503 — Bandeau en tapisserie, à personnages, fleurs animaux. Flandres, XVIe siècle.

504 — Bande en tapisserie, à fruits et fleurs. Flandres, XVIe siècle.

505 — Bande en tapisserie à fruits, fleurs et oiseaux. XVIIe siècle

506 — Bande de tapisserie : Dieux marins, imitation de camées. XVIIIe siècle.

507 — Lot de bordures d'ancienne tapisserie : montants à décor d'attributs, bustes, etc.

508 — Petit tableau en tapisserie : Les Femmes de Rubens. Signé : *Niret, 1737.*

509 — Petit tableau en tapisserie : Amour. XVIIIe siècle.

510 — Fragment de bordure de tapisserie des Gobelins à mascarons, médaillons et feuillages. XVIIIe siècle.

511 — Fragment de bordure en tapisserie : amours, vases et fruits. XVIIe siècle.

512 — Fragment de tapisserie à sujet de chasse. Flandres. XVIe siècle.

513-514 — Lot de fragments d'ancienne tapisserie.

515 — Tapisserie verdure avec habitation et animaux, bordures de fleurs. Flandres. XVIIIe siècle. — Haut., 2 m. 80 cent.; larg., 3 m. 30 cent.

516 — Tapisserie à sujet de chasse, bordure de fleurs. Aubusson. XVIIIe siècle. — Haut., 2 m. 50 cent.; larg., 3 mètres.

517 — Tapisserie : chasse au sanglier, bordure de

fleurs. Aubusson. XVIIIe siècle. — Haut., 2 m. 65 cent.; larg., 2 m. 70 cent.

518 — Tapisserie à personnages richement vêtus à l'antique. Flandres. XVIe siècle. — Haut., 2 m. 50 cent.; larg., 1 m. 50 cent.

519 — Tapisserie-verdure avec lièvre et oiseaux au premier plan; bordure de fleurs. Aubusson. XVIIIe siècle. — Haut., 2 m. 85 cent.; larg., 3 mètres.

520 — Tapisserie présentant trois jeunes femmes dans un parc avec pièce d'eau. Époque Louis XV. — Haut., 3 mètres; larg., 1 m. 45 cent.

521 — Portière en tapisserie : guerrier vêtu à l'antique; bordure de fleurs. XVIIe siècle. — Haut., 2 m. 80 cent.; larg., 1 m. 15 cent

522 — Tapisserie : personnage vêtu à l'antique; bordures de trophées. XVIIe siècle. — Haut., 3 mètres; larg., 1 m. 60 cent.

523 — Tapisserie verdure avec poules et autres volatiles; bordures de feuilles. XVIIIe siècle. — Haut., 2 m. 80 cent.; larg., 2 m. 20 cent.

524 — Grande tapisserie : danse de paysans dans la manière de Teniers; fond de parc avec pièces d'eau; bordure simulant un cadre. Signé : *La*

Veuve de G. Werniers, avec fleur de lys et initiales *L. F.* Lille, XVIIIe siècle. — Haut., 3 m. 25 cent.; larg., 4 m. 90 cent.

525 — Tapisserie à sujet pastoral composé de plusieurs personnages et animaux, sur fond de verdure; bordure simulant un cadre. Flandres, XVIIIe siècle. — Haut., 2 m. 80 cent.; larg., 5 m. 25 cent.

526 — Tapisserie verdure avec oiseaux. XVIIIe siècle. — Haut., 3 m. 30 cent.; larg., 1 m. 20 cent.

527 — Tapisserie : Jason et la Toison d'or; composition de nombreux personnages. XVIIe siècle. — Haut., 2 m. 50 cent.; larg., 2 m. 80 cent.

528 — Feuille d'écran en tapisserie : Jardin. XVIIe siècle.

DENTELLES

529 — Petite barbe application.

530 — Voilette application.

531 — Un col et deux manchettes.

532 — 4 m. 40 cent. dentelle de fil, point de Paris, coupes de dessins différents.

533 — 1 m. 75 cent. Chantilly blanc.

534 — 6 m. 15 cent. Malines.

535 — Deux fichus garnis dentelle.

536 — Grand voile Empire en tulle brodé.

537 — 7 mètres Valenciennes en deux coupes et en deux dessins.

538 — 4 m. 30 cent. Valenciennes en deux coupes.

539 — 1 m. 40 cent. Valenciennes ; deux manchettes Valenciennes et deux cols en tulle brodé.

540 — 16 m. 60 cent. entre-deux toile tirée Louis XIII.

541 — 12 m. 70 cent. en quatre coupes toile tirée de la Renaissance.

542 — 2 m. 60 cent. entre-deux de filet Renaissance.

543 — 5 mètres toile brodée Louis XIII.

544 — 6 m. 60 cent. entre-deux fil tiré Renaissance.

545 — 4 mètres toile tirée Renaissance.

546 — 5 mètres toile et guipure de Venise.

547 — 3 m. 25 volant gros filet.

548 — Petit carré point de Venise et dentelle Renaissance.

549 — 2 mètres volant de guipure de Venise sur 40 centimètres de hauteur.

550 — Napperon en guipure de Venise.

551 — 2 m. 15 cent. bande de guipure de Venise.

552 — 3 m. 50 cent. entre-deux avec dents de guipure de Venise.

553 — Petit carré toile et entre-deux Venise.

554 — Deux taies d'oreillers toile tirée et guipure de Venise.

555 — Couvre-lit guipure et filet.

556 — 4 mètres guipure de Venise avec dents.

557 — Petite nappe point de Venise.

558 — 1 m. 70 entre-deux Renaissance toile brodée et guipure de Venise.

559 — 1 m. 60 cent. entre-deux de guipure de Venise.

560 — 3 m. 50 cent. toile tirée Renaissance.

561 — Nappe toile brodée et filet.

562 — Nappe toile et guipure de Venise

563 — Nappe guipure de Venise.

564 — Napperon toile brodée et guipure de Venise.

565 — Napperon toile et dents de Venise.

566 — Nappe toile et guipure de Venise.

567 — Nappe guipure de Venise et filet.

568 — Deux manches et un col dent de Venise.

569 — 1 m. 85 cent. entre-deux de Venise.

570 — 4 mètres entre-deux Venise plat.

571 — 2 m. 70 cent. entre-deux Venise.

572 — 4 mètres entre-deux Venise.

573 — 2 mètres entre-deux guipure espagnole.

574 — 2 mètres guipure espagnole.

575 — 1 m. 95 cent. dent en guipure plate.

576 — 2 m. 20 cent. dent de Venise.

577 — Col en guipure de Venise.

578 — Quatre morceaux dent de Venise et entre-deux.

579 — 2 m. 60 cent. dent de Venise en deux coupes.

580 — 1 m. 45 cent. dent de Venise et 70 cent. entre-deux Venise.

581 — 6 m. 20 cent. dent de guipure de Venise.

582 — 3 m. 20 cent. dent de Venise.

583 — Quatre morceaux Venise et guipure d'Irlande, etc.

584 — 26 m. 50 cent. entre-deux toile et point de Venise en plusieurs coupes.

585 — 3 m. 80 cent. entre-deux semblable au précédent, mais plus haut.

586 — 2 m. 90 cent. volant point de Milan sur 20 cent. de haut. Époque Louis XV.

587 — 5 m. 85 cent. même dentelle sur 15 cent. de haut.

588 — 3 mètres volant point de Milan.

589 — 3 m. 85 cent. guipure réseau Louis XIII.

590 — 3 m. 10 cent. dentelle de Malines en quatre coupes.

591 — 1 m. 30 cent. point d'Angleterre Louis XV.

592 — Fond de bonnet point d'Angleterre Louis XIV.

593 — Barbe Malines Louis XV.

594 — 5 mètres, dentelle Malines, en quatre coupes variées de dessin.

595 — Cinq petites coupes point d'Alençon et d'Argentan, variées de dessin.

596 — 3 m. 90 cent. point à l'aiguille en quatre coupes.

597 — Coupe dentelle russe.

598 — 13 m. 70 cent. passementerie Louis XVI, fond bleu, de hauteurs différentes en plusieurs coupes.

599 — Trois coupes passementerie Louis XVI, fond crème.

600 — 1 m. 70 cent. guipure d'Espagne polychrome.

601 — Quatre coupes filet brodé, polychrome. Ancien travail espagnol.

602 — Lambrequin en toile brodée de soie de couleurs, à animaux et fleurs. Ancien travail portugais.

603 — Lambrequin de même travail que le précédent, à décor d'animaux et fleurs.

604 — Nappe de même travail ; décor de fleurs.

605 — Nappe de même travail, à décor d'animaux et rinceaux fleuris.

606 — Nappe de même travail, à décor d'animaux et encadrement de guipure haute.

607 — 4 m. 20 cent., entre-deux de dentelle d'argent Renaissance.

608 — 6 m. 50 cent., dentelle de métal doré XVIIe siècle.

609 — 3 m. 20 cent. d'entre-deux de dentelle d'argent. XVIIe siècle.

610 — 1 m. 60 cent., dentelle de métal doré. XVIIe siècle.

611 — 4 m. 70 cent., dentelle d'argent. XVIIe siècle.

612 — 2 m. 90 cent., dentelle de métal doré et argenté en deux coupes, sur 0 m. 25 cent. de hauteur.

613 — 2 m. 80 cent., dentelle de métal doré sur 0 m. 30 cent. de hauteur.

614 — 2 m. 20 cent., dentelle d'argent de la Renaissance.

615 — 2 m. 5 cent., dentelle d'argent de la Renaissance.

616 — 2 m. 32 cent. dentelle argent doré et argent à quadrillés. XVIIe siècle.

617 — 8 m. 20 cent. entre-deux argent.

618 — 4 m. 70 cent. dentelle argent doré et argent.

619 — 3 m. 90 cent. dentelle argent doré, à nœuds.

620 — 2 m. 50 dentelle, argent doré.

621 — Lot de dentelles métalliques. Sera divisé.

TAPIS

622 à 625 — Sept tapis d'Orient variés.

BIJOUX, ORFÈVRERIE

626 — Paire de boucles d'oreilles enrichies de diamants montés argent et cuivre. XVIIIe siècle.

627 — Paire de boucles d'oreilles enrichies de petites roses montées argent. XVIIIe siècle.

628 — Paire de boutons enrichis de diamants montés argent.

629 — Bague-marquise ornée de petites roses et de demi-perles, montées cuivre. XVIIIe siècle.

630 — Bague enrichie de diamants montés cuivre. XVIIIe siècle.

631 — Trois bagues enrichies d'émeraudes, rubis et diamants montés or et argent. XVIIIe siècle.

632 — Bague, topaze et stras.

633 — Broche, stras et argent, ornée d'une miniature : Portrait d'homme.

634 — Pendentif verre monté or.

635 — Paire de boucles d'oreilles enrichies de diamants et émeraudes montés argent. XVIIIe siècle.

636 — Paire de pendants d'oreilles, améthystes montées or. XVIIIe siècle.

637 — Paire de boucles d'oreilles, quartz améthyste monté or.

638 — Trois épingles de cravate, stras.

639 — Cinq broches, stras.

640 — Six pièces : deux boucles d'oreilles, bouton, fragment, pendentif, croix, stras.

641 — Cinq boucles, stras, dont trois montées argent.

642 — Drageoir ovale en argent doré : le Char de Cybèle. XVIIIe siècle.

643 — Tabatière ovale, Louis XVI, en argent gravé à décor d'instruments de musique et feuillages.

644 — Tabatière ovale Louis XVI en argent, décorée d'amours et de quadrillés.

645 — Petite coupe ornée d'un chien en argent. Commencement du XIXe siècle.

646 — Face à main, argent doré. Commencement du XIXe siècle.

647 — Etui forme poisson, argent et cuivre.

648 — Deux pièces, argent : fermoir d'escarcelle, XVIIIe siècle, et crochet de châtelaine moderne.

649 — Cafetière en argent, à déversoir orné d'une tête de dragon. Époque Empire.

650 — Jardinière forme corbeille, argent.

651 — Jardinière argent, à décor de médaillons-bustes.

652 — Porte-huilier en argent, avec burettes en cristal.

653 — Trois étiquettes à vin, argent.

654 — Petite horloge en argent émaillé, décor de personnages, le mouvement est supporté par un dromadaire. Travail de Vienne.

655 — Couteau à manche plaqué de nacre, garnie de cuivre. Etui en galuchat. Epoque Louis XVI.

656 — Gaine en chagrin contenant un couteau et une fourchette à manches d'agate. XVIIe siècle.

657 — Petit nécessaire : ciseaux, poinçons, étui et dé, argent.

658 — Boite en écaille, ornée d'une miniature : Portrait d'homme.

660 — Six pièces : clé de montre, acier; médaillon, fer damasquiné ; deux boucles, acier ; deux crochets de châtelaine, cuivre.

MONTRES

661 — Montre Louis XVI, en or de couleur ciselé, ornée d'un petit émail, buste de femme.

662 — Montre Louis XVI, en or de couleur ciselé, ornée d'un petit émail, buste de femme, encadré de jargons.

663 — Montre Louis XVI, en or de couleur ciselé, boitier émaillé à sujet allégorique.

664 — Montre Louis XVI, en or, à boitier émaillé, à sujet de saincrifice.

665 — Montre en or, ornée d'un émail, buste de femme; entourage de demi-perles.

666 — Montre Louis XVI en or, boitier émaillé à sujet mythologique; entourage de jargons.

667 — Montre Louis XV en or, à double boitier à sujet biblique.

668 — Montre Louis XVI en or de couleur, à décor. Attributs et feuillages.

669 — Montre Louis XVI en or.

670 — Montre, argent.

ÉVENTAILS

671 — Éventail à monture de nacre argentée : feuille en soie rehaussée de paillettes ; compartiment présentant des personnages faisant de la musique. Époque Louis XVI.

672 — Éventail à monture d'ivoire, feuille en soie avec paillettes à décor d'attributs de l'amour et médaillon. Époque Louis XVI.

673 — Éventail à monture d'écaille dorée, feuille présentant Esther et Assuérus. XVIIIe siècle.

674 — Monture d'éventail en nacre dorée du temps de Louis XV.

675 — Petit éventail à monture d'ivoire, feuille ornée de paillettes. Commencement du XIXe siècle.

676 — Éventail à monture d'ivoire, feuille ornée de paillettes. Commencement du XIXe siècle.

OBJETS VARIÉS

677 — Petit tableau en broderie de soie en chenille : le baptême du Christ. XVIIe siècle. Encadré.

678 — Trois tableaux de sainteté, peints sur vélin, encadrements de galons et passementerie métallique. XVIIe siècle.

679 — Petit tableau en broderie de soie en chenille : la Jeune Jardinière. Époque Louis XVI. Encadré.

680 — Petit tableau en broderie de soie : le Char de Flore. XVIIIe siècle. Encadré.

681 — Deux bourses, soie et satin crème brodés à fleurs et draperies. XVIIIe siècle.

682 — Lot d'anciens cuirs variés.

683 — Rouet en bois. XVIIIe siècle.

684 — Petit rouet en bois du XVIIIe siècle.

685 — Chauffe-mains en cuivre. XVIIIe siècle.

686 — Petit lustre en dinanderie.

687 — Coupe en verre opale émaillé et doré à fleurs; anse et bordure de cuivre. Époque Empire. Elle aurait appartenu à l'Impératrice Joséphine.

688 — Coffret, écaille garnie argent. XVIIe siècle.

689 — Album japonais.

CÉRAMIQUE

690 — Deux petits pots à crème avec couvercles en ancienne porcelaine tendre de Sèvres, décor de fleurs.

691 — Statuette de personnage debout vêtu à l'orientale. Saxe.

692 — Statuette : Thésée et le Minotaure. Saxe.

693 — Statuette : Thésée et Cerbère. Saxe.

694 — Deux figurines de petits paysans, porcelaine de Saxe.

695 — Groupe en biscuit : Nymphe, enfants et chèvre.

696 — Groupe en biscuit : Nymphe, amour et tourterelles.

697 — Deux groupes en biscuit : l'Amour, marchand de plaisirs.

698 — Plat en ancienne faïence de Moustiers, décor vert de fleurs.

PENDULES

699 — Cartel Louis XV en bronze, à motifs rocaille et fleurs.

700 — Pendule Louis XVI en marbre blanc, garni de bronzes dorés, à mouvement porté par deux pilastres flanqués chacun de balustres.

701 — Pendule Louis XVI en marbre blanc et bronzes dorés, à mouvement compris dans un édicule à deux colonnettes.

702 — Pendule Louis XVI en bronze doré, orné d'une figurine d'amour.

703 — Pendule en marqueterie d'étain et d'écaille. Mouvement à sonnerie. XVIIe siècle.

704 — Cartel Louis XVI en bronze, modèle à vase et guirlandes.

705 — Très petit cartel en bronze doré, à dessin de feuillages, figurine et motifs rocaille.

706 — Petite pendule en ancien biscuit ornée d'une statuette de fileuse.

707 — Pendule Empire en bronze doré présentant une statuette de femme étendue sur un lit de repos.

708 — Pendule en bronze en forme de fût de colonne surmonté d'un buste de Louis XIV. Époque Restauration.

BRONZES

709 — Cheval et taureau se faisant pendants en bronze à patine brune ; ancien travail italien. Socle en marbre.

710 — Médaillon ovale en bronze à patine brune : le Christ et la Samaritaine. XVIIe siècle.

711 — Paire de candélabres Louis XV en bronze argenté, à décor de cannelures obliques.

712 — Flambeau de bouillotte Louis XVI en bronze argenté.

713 — Deux candélabres en forme de vases en marbre, monture en bronze.

714 — Deux petits flambeaux Empire, en bronze doré, ornés d'écureuils soutenant la douille.

715 — Paire de flambeaux-colonnettes en bronze. Commencement du XIXe siècle.

716 — Flambeau-écran en bronze. Commencement du XIXe siècle.

717 — Quatre médaillons à mascarons en bronze doré, provenant de patères. Époque Empire.

718 — Encrier Empire en bronze doré, simulant une bibliothèque surmontée d'un buste en bronze patiné.

719 — Plateau rond à fond de glace et bordure de cuivre. Époque Restauration.

720 — Deux cordons de sonnette à poignées de bronze doré. Époque Restauration,

SCULPTURES

721 — Buste en terre cuite, grandeur nature, de fillette, les cheveux retombant sur les épaules.

722 — Buste en terre cuite de rieur, grandeur nature. Signé : *Labatut*.

723 — Statuette en marbre tendre blanc : Ariane.

BOIS SCULPTÉ. — GLACES

724 — Cartouche en bois sculpté, à décor de chérubins et mascarons. XVIe siècle.

725 — Deux petits panneaux Renaissance, en bois sculpté : Neptune et une source.

726 — Groupe en bois sculpté, peint et doré : la Vierge et l'Enfant Jésus. xviie siècle.

727 — Socle-applique cul-de-lampe en bois sculpté à feuillages. xviiie siècle.

728 — Cadre Louis XV en bois sculpté et doré à décor de petits canaux et de feuillages.

729 — Baromètre en bois doré Louis XVI à décor de rubans et feuillages.

730 — Coffret en bois, à décor d'animaux et de rinceaux. xviie siècle.

731 — Coffret en bois gravé. xviie siècle.

732 — Miroir biseauté dans un cadre Louis XIII en bois sculpté à volutes et mascarons.

733 — Glace biseautée dans un cadre à fronton en bois sculpté à godrons, feuillages et têtes humaines. xviie siècle.

734 — Glace biseautée dans un cadre Louis XVI, en bois doré, surmonté d'un vase et de guirlandes.

735 — Miroir biseauté dans un cadre Louis XVI, en bois sculpté à feuilles de laurier.

736 — Glace hollandaise dans un cadre en bois doré. xviiie siècle.

SIÈGES

737 — Deux grands fauteuils en bois sculpté, couverts en tapisserie, à fruits et fleurs sur fond bleu. Époque Louis XIV.

738 — Fauteuil Louis XV en bois sculpté et peint blanc, couvert en tapisserie à fleurs et fruits sur fond marron.

739 — Deux fauteuils en bois sculpté et doré couverts en tapisserie du temps de Louis XV, à personnages et animaux, avec encadrements de fleurs.

740 — Bergère Louis XVI, pouvant former lit de repos en bois peint blanc, couvert en toile de Jouy.

MEUBLES

741 — Meuble Louis XIII, à deux corps, quatre portes et deux tiroirs en bois sculpté et marqueterie de bois de couleur; décor de feuillages et mascarons.

742 — Meuble Louis XIII à deux corps, en bois sculpté, décor en relief de têtes humaines dans des médaillons, de rosaces, guirlandes et mascarons. Il ferme à quatre portes et contient trois tiroirs.

743 — Coffre Louis XIII en bois sculpté, à décor de rinceaux et mascarons.

744 — Coffre Renaissance en bois sculpté, à décor d'armoiries et pilastres.

745 — Armoire en bois sculpté, avec incrustations de bois de couleurs, à dessin d'étoiles. XVIIIe siècle.

746 — Meuble à hauteur d'appui à deux portes et corps supérieur à coulisses également en bois sculpté à moulures. XVIIIe siècle.

747 — Commode Louis XV à trois rangs de tiroirs en marqueterie de bois de couleurs, garnie de bronzes tels que chutes, poignées, entrées de serrures. Dessus de marbre.

748 — Commode Louis XV à trois tiroirs et portes latérales en marqueterie de bois de rose et de citronnier; garnitures de bronze. Dessus de marbre ranz.

749 — Commode Louis XV à trois rangs de tiroirs en bois de placage, garnie de bronzes, chutes, poignées, entrées de serrures: dessus de marbre.

750 — Commode Louis XVI à trois tiroirs, en bois de placage, garnie de bronzes. Dessus de marbre.

751 — Secrétaire droit Louis XVI à abattant, portes

et tiroirs en acajou, garni de cuivre. Dessus de marbre.

752 — Meuble Boulle à hauteur d'appui à deux portes, en marqueterie de cuivre et d'écaille, à dessin de personnages, rinceaux et draperies.

753 — Petit bureau-écran en bois de placage, garni de bronzes, à un tiroir, pieds courbes.

754 — Table-toilette en acajou, garnie de cuivres, surmontée d'une glace. Dessus de marbre blanc.

755 — Coffre en bois, orné d'un panneau peint, à sujet de chasse.

756 — Cabinet en bois incrusté de burgau. Travail du Tonking.

www.ingramcontent.com/pod-product-compliance
Ingram Content Group UK Ltd.
Pitfield, Milton Keynes, MK11 3LW, UK
UKHW031938260826
14628UKWH00004B/1707

9 782329 373676